Rue des Écoles

Le secteur « Rue des Écoles » est dédié à l'édition de travaux personnels, venus de tous horizons : historique, philosophique, politique, etc. Il accueille également des œuvres de fiction (romans) et des textes autobiographiques.

Déjà parus

Captain (Madame), *Une année sur un bateau*, récit, 2016.

Jalat-Blanchet (Jean-Paul), *Il était une fois à Ouessant*, récit, 2016.

Larbodière (Marie-Flore), *Une si violente solitude*, roman, 2016.

Thibault (Jacqueline), *À haut potentiel*, récit, 2016.

Simon (Christine), *Par les rues*, récit, 2016.

Bernard (Laurent), *Une irrésistible intuition*, roman, 2016.

Auclair (Jean-Baptiste), *Les années oubliées*, roman, 2016.

Sauvil (Pierre), *Une armure de paillettes*, roman, 2016.

Henri (Christian), *Masque noir*, roman, 2016.

Lotito (Gaston), *Comme on parle à ses rêves*, roman, 2016.

Cornman (Julian), *Déréliction*, essai, 2016.

Breynaert (Jacques), *Atypique, ou l'éloge de la médecine*, témoignage, 2016.

❦

Ces douze derniers titres de la collection sont classés par ordre chronologique en commençant par le plus récent.
La liste complète des parutions, avec une courte présentation du contenu des ouvrages, peut être consultée sur le site www.harmattan.fr

FRÉDÉRIC L'ENFANT-SOLEIL
OU LA VIE À L'ENVERS

© L'Harmattan, 2016
5-7, rue de l'École-Polytechnique, 75005 Paris

http://www.editions-harmattan.fr

ISBN : 978-2-343-11104-9
EAN : 9782343111049

Madeleine Covas

Frédéric l'enfant-soleil ou la vie à l'envers

Récit

Du même auteur

Collection jeunesse chez CABEDITA à BIERE, canton de Vaud, SUISSE

Le mur de la frontière
Voleurs de chouettes
La grotte perdue du Salève
Zamba chien fidèle
L'orphelin de Morat

Albums avec Mélanie Kerebel

J'veux plus y aller...
Le ver à soie et autres contes
La coccinelle et la chenille

Pour Adultes

10 nouvelles pour rire, sourire ou grimacer, Publibook.
Secrets ardéchois, La bouquinerie, Valence
Paroles de prof..., L'Harmattan

I

Maman est entrée ce matin à la clinique. Nous allons avoir un bébé. Je serai la grande sœur de cet enfant. J'espère que ce sera un garçon : c'est bien, une fille et un garçon dans la même famille.

Papa n'a pas eu à se dépêcher, il est médecin à l'hôpital et il m'a simplement confiée à la voisine de palier avant de partir. J'ai quatre ans et je suis tout à fait capable de rester seule mais maman aurait été inquiète.
— Tu seras très polie avec Madame Boderman.
— Oui maman, bien sûr.
— Tu prendras ta douche en te levant.
— Oui maman.
— Tu n'oublieras pas de changer de chemise...
Soupir d'exaspération...
— Oui maman, oui maman....

Maman me prend encore pour une petite fille. Pourtant je suis très raisonnable maintenant que le bébé va arriver.

Le soleil est entré dans ma chambre doucement, comme pour jouer. Il a glissé sur mes joues et j'ai senti sa chaleur d'été. J'ai remonté le drap sur mon front pour dormir encore un peu. Tout à l'heure j'irai vérifier si tout est bien prêt dans la chambre du bébé, si le vieux moïse qui a déjà servi pour moi a reçu les jolis draps brodés par maman.

Dans ma tête traînent des mots compliqués : je ne suis vraiment pas bien réveillée car je mélange ce matin les langues que l'on parle à la maison.

Il faut dire que maman est suisse allemande et que papa est suisse mais né en Argentine. Alors, j'ai appris l'allemand naturellement avec maman et papa a voulu que l'on parle espagnol tous les soirs. Pourtant, dans la rue, les petits voisins se sont moqués de moi car je ne comprenais pas ce qu'ils disaient. Alors, papa et maman ont décidé que nous parlerions français habituellement, sauf le soir, à table, où nous mélangeons les trois langues.

Papa dit qu'il faut être reconnaissant envers le pays qui vous accueille et vous fait vivre : puisque nous habitons maintenant dans la région francophone de la Suisse, il faut parler français. Il est également normal d'acheter les produits des paysans suisses, car on doit les aider à vivre. Papa, lui, a vraiment choisi d'être suisse, dans un moment triste de sa vie, mais il en est fier et heureux maintenant.

La langue que je préfère est celle de maman. Elle me parle toujours avec ses mots à elle, de petits mots doux qui n'existent qu'en dialecte et que j'aime. Pourtant papa n'aime pas que je parle le dialecte qui ne s'écrit pas, il préfère que je parle le bon allemand.

Un gros bourdon vient d'entrer par la fenêtre : il ne me fait pas peur. Papa m'a appris à aimer les animaux et les arbres. Souvent, le dimanche, quand il n'est pas de garde, nous allons au bord du lac Léman et nous admirons les oiseaux d'eau, les roseaux et les chemins boueux. Les grèbes huppés qui plongent soudainement dans l'eau claire et qui remontent à la surface après un long moment me fascinent toujours. La première fois que je les ai vus sortir de l'eau avec leur huppe aplatie sur le crâne comme un bonnet, j'ai cru que c'était un système de respiration qu'ils refermaient pour plonger. Peut-être avais-je vu trop d'images de baleines. Et j'attendais avec angoisse leur remontée, craignant toujours un accident bête, un oubli de leur part. C'est papa qui a compris mon inquiétude, sans doute à la pression inhabituelle de ma main dans la sienne.

— Ne crains rien, le grèbe va remonter bientôt, quand il aura trouvé sa nourriture dans la vase ou sous l'eau.

— Mais il va se noyer s'il ne ferme pas bien son clapet (c'est grand-père qui m'a appris ce mot).

— Ce n'est pas un clapet. Regarde mieux quand l'oiseau remonte. Tu vois les plumes se redresser ?

J'opine de la tête, toujours un peu angoissée.

— C'est la huppe qui se couche pour une meilleure pénétration dans l'eau.

— Mais alors, le trou de respiration ?

Papa a souri, il ne se moque jamais de mon ignorance.

— Il n'y a pas de trou de respiration, ce n'est pas un cétacé, c'est un oiseau aquatique, parfaitement adapté à la plongée.

Comme j'ai été soulagée ! Papa m'a promis que nous viendrions observer les grèbes au printemps, quand les petits grébillons se cachent sous les plumes de leurs parents et happent le duvet qui doit leur protéger l'estomac. Papa sait tout cela car il aime les bêtes.

Parfois, en rentrant de l'hôpital, il trouve un oiseau ou un hérisson blessé. Il a toujours une caisse dans sa voiture pour ses trouvailles. Maman dit qu'il attire les bêtes malades qui se mettent instinctivement sur sa route.

— Encore un jeune hérisson ? C'est le troisième cette année.

Papa s'affaire, sa trousse de secours déballée sur la table de la cuisine que maman a protégée avec des journaux. Elle a aussi enfilé ses gants de jardin car les hérissons ça a bien plus d'épines que les rosiers.

— Papa, tu vas le guérir ?

— Je vais faire ce que je peux...

Bientôt, le jeune animal se retrouve pansé et nettoyé, car il est plein de parasites.

Nous avons ouvert une petite infirmerie dans la cuisine, c'est derrière le fourneau à gaz.

Mais nous devons veiller à ce que Rouky, notre chat, qui guette nos malades et les observe de son regard jaune derrière le panier de grillage qui les protège, reste éloigné d'eux.

Papa est mon idole. Il sait tant de choses que je peux tout lui demander. J'aime ses histoires mais aussi ses silences, quand nous allons dans la forêt et qu'il regarde le ciel au-dessus des arbres. Je sais qu'il pense à son lointain passé, à son pays fui depuis si longtemps et qui lui a laissé une cicatrice dans le cœur, mais il n'en parle jamais comme s'il avait fermé la porte de ses jeunes années. Je respecte ce silence car je sens qu'il est chargé de douleurs.

Le bourdon ronronne comme un moteur d'avion, comme le moteur de l'avion de grand-père, celui dans lequel il a emmené un jour tous les enfants des ouvriers de son usine. Parce qu'un avion équipé de ses moteurs avait disparu dans le Cervin, les commandes de la petite usine qui fait vivre cinquante familles de la vallée ont été interrompues. Alors grand-père a voulu montrer que son moteur était fiable.

Nous étions dix enfants et j'étais la plus petite. Nous avons pris place sur les sièges, attachés par trois.

L'appareil a tressauté sur la piste d'essai herbeuse qui longe l'usine. Soudain, il a quitté le sol et nous nous sommes retrouvés accrochés dans l'air.

Nous regardions, stupéfaits, les vaches petites comme des jouets dans les prés minuscules et les chalets devenus maisons de poupée. Les plaques de neige accrochées aux rochers n'en finissaient pas de fondre et les fils d'argent des torrents couraient sur les pentes cailouteuses.

Nous avons volé une demi-heure. Soudain, grand-père nous a avertis que nous allions faire un looping. C'était fabuleux, le monde à l'envers : on était si près du ciel qu'on se croyait dans un conte de fées.

Au retour, lorsque l'avion s'est posé ainsi qu'un animal à ressort, les mères des enfants attendaient, figées dans l'angoisse et l'incrédulité.

Deux journalistes écrivaient dans leur carnet tandis qu'un photographe nous mitraillait.

Chaque mère a pris son enfant et s'est éloignée dans un silence glacé. Je suis restée seule avec grand-père qui souriait dans sa barbe. Maman, elle, ne s'était pas dérangée, car elle connaissait assez son père et lui faisait confiance. Les commandes ont afflué quelques jours plus tard et l'usine a été sauvée. Ce souvenir est le plus merveilleux de mon court séjour en Suisse alémanique.

J'aime grand-père avec ses coups de gueule inattendus et ses silences lourds de sens. Comme grand-mère est morte et que je ne l'ai jamais connue, grand-père est mon préféré, après papa, bien sûr.

Papa a souri en apprenant l'invraisemblable expédition. Papa aime grand-père. Dans la famille de maman, c'est le seul qui vient nous rendre visite. Les autres nous saluent de loin, très poliment mais n'échangent jamais de mots avec papa. Pourtant papa comprend et parle parfaitement le dialecte. Peut-être est-il comme un soleil lointain venu illuminer une vallée triste qui ne demandait rien.

La clé dans la serrure m'a réveillée : ce doit être Mme Boderman qui vient me faire lever pour aller prendre le petit déjeuner. Elle a deux garçons de mon âge mais je ne les aime pas : ils sont grossiers et l'un d'eux met toujours ses doigts dans son nez et après dans sa bouche. Il n'a rien compris à l'invasion des microbes que papa m'a expliquée en dessinant leurs vilaines pattes sur le tableau de ma chambre.

J'entends maintenant la voix de papa. Il parle au téléphone en allemand. Il ne peut s'empêcher de parler de son travail. Je ne comprends pas tout mais certains mots seulement : difficultés respiratoires, souffrance prénatale, intervention chirurgicale, palais ouvert, hémiplégie...

Papa sait tant de choses ; comment peut-on être aussi savant ?

C'est drôle, la voix de papa me semble bizarre ce matin. Enfin il est là, près de mon lit ; il sourit en s'asseyant.

Son regard n'est pas son regard habituel et, soudain, une terrible inquiétude gagne mon cœur.

— Maman ?

— Non, ta maman va bien, mais c'est Frédéric, ton petit frère, il a fallu le mettre en couveuse.

— Mais pourquoi ?

— Il est né un peu trop tôt. Ne t'inquiète pas, essaie de dormir encore un peu.

Le ton se veut anodin, mais j'ai senti une sérénité forcée dans sa voix trop grave, trop posée.

II

Frédéric, mon petit frère, c'était donc de lui que papa parlait. Il racontait à grand-père la difficile naissance, le bébé inanimé, la longue, la trop longue lutte des médecins pour le faire revenir à la vie, et puis les interventions chirurgicales qui seront nécessaires pour qu'il respire mieux.
Papa m'a parlé longuement : je devrai être très gentille avec maman qui a été très choquée ; je devrai être très patiente avec le bébé qui a beaucoup souffert.
Je suis triste à l'idée qu'un bébé ait pu souffrir ; je ne peux accepter cela. Je vais m'occuper de toutes mes forces de maman et du petit ; il va oublier cette souffrance anormale.

Maman est revenue de la clinique. Elle est triste. J'ai tout tenté pour la distraire. Papa passe beaucoup de temps près d'elle et lui parle doucement, mais rien ne semble la détourner de ses pensées.
Cela fait trois semaines que j'attends mon petit frère. Maman se traîne dans la maison comme une âme en peine et attend chaque soir le retour de papa pour se rendre à l'hôpital.
J'ai tout essayé pourtant :
— Maman, si on refaisait le berceau... il doit y avoir de la poussière sur les draps...
Silence triste. Maman passe sa main sur le moïse.
— Maman, tu verras, il ira bien quand il sera là ; on va s'en occuper tellement bien qu'il guérira.
Sourire triste. Maman ne répond pas et pose sa main sur ma tête.

Enfin, ce matin, mon petit frère est là, couché dans le vieux moïse d'osier fraîchement garni de draps blancs.

C'est un bébé comme les autres.

— Comme il est beau, maman, regarde ses cheveux ; ils sont dorés ; on dirait un rayon de soleil.

Je berce le moïse.

— Dodo, l'enfant do... Tu ne vas pas pleurer, mon bébé...

Il ne pleure pas. Il ne pleure jamais d'ailleurs. C'est un bébé modèle. Il laisse maman dormir toute la nuit.

— Maman, on va promener Frédéric ? Est-ce que je peux conduire le landau ?

Nous faisons de longues promenades. C'est drôle, nous ne rencontrons jamais personne. Pourtant, j'aimerais bien montrer mon petit frère qui dort en souriant.

III

Frédéric a eu deux ans aujourd'hui. Il ne pleure jamais, ne demande jamais rien. D'ailleurs il ne parle pas. Il est dans sa poussette et lorsque je passe devant lui il rit, il rit. Je sais qu'il est content quand il me voit.
Je m'assois près de lui, dans le rayon de soleil qui passe à travers les grandes baies. Comme son visage respire le calme ! Il ne sourit pas aujourd'hui. Je vais lui raconter une histoire :
— Friedli, tu aurais dû voir ça, quand grand-père nous a emmenés dans son avion, là-haut, dans les nuages. C'était génial.
Je me lève et mime le vol inespéré, mes bras tourbillonnent et le bruit du moteur retentit dans le salon.
Frédéric sourit : il agite ses mains de bonheur. Enfin, il éclate de rire puis, fatigué, ferme les yeux et s'endort. Les derniers rayons de soleil caressent son visage paisible.
Frédéric ne bouge pas mais il se fatigue très vite. Maman le conduit chaque jour chez le kiné. Peut-être marchera-t-il un jour prochain. Pour le moment, nous sommes très organisés. Maman lave, change et nourrit Frédéric. Finalement, il est resté un bébé, et nous nous en occupons beaucoup.
Papa rentre un peu plus tôt de l'hôpital pour soulager maman. Il sort Frédéric dans sa poussette et je l'accompagne. Nous allons sur les chemins non loin de la maison, et papa me montre les arbres et m'explique la pollution, les nuages, le soleil. C'est beau quand papa en parle parce que lui sait si bien les choses qu'on a l'impression d'être plus savant quand il a fini de les expliquer. Parfois nous allons au pied du Jura jusqu'au bois de mélèzes qui déploient leurs branches comme s'ils voulaient accrocher les nuages. Je les

aime particulièrement, surtout en automne car leurs teintes dorées me font penser à des joyaux.

Frédéric ne dit rien ; il regarde le soleil et il rit. Nous sommes heureux de le voir rire, car son rire nous montre qu'il ne souffre pas et c'est très important.

IV

Grand-père est venu nous voir chaque mois depuis que nous avons déménagé. Nous habitons maintenant dans une maison avec un jardin. Maman et papa ont choisi de vivre ici car Frédéric a besoin d'espace. Et puis, maman joue de l'accordéon pour Frédéric. Il adore ça et ici la musique ne peut pas déranger les voisins.

Grand-père a approuvé ; je crois même qu'il a un peu aidé à acheter cette jolie maison si lumineuse et si agréable avec son jardin. Pourtant, quand il vient, je sens qu'il est un peu triste et sans doute malade. Je ne comprends pas pourquoi. Ce serait si bien qu'il reste toujours comme il était avant.

Ce matin, j'ai failli me battre à l'école, oui, me battre ! Les filles de ma classe se sont moquées de moi ; elles ont mimé papa poussant la poussette de Frédéric et même Frédéric assis tout raide sur son siège, un peu penché vers la gauche car il n'est pas guéri de sa paralysie de naissance.

J'ai levé le bras pour frapper, moi qui n'ai jamais frappé personne. Mais j'ai eu très mal pour papa et pour mon petit frère. La maîtresse a dû intervenir et j'ai eu droit à une remontrance écrite dans mon carnet. Avant de quitter l'école, je suis allée protester auprès de l'institutrice car celles qui se sont moquées de moi n'ont pas été punies ni même grondées. La maîtresse m'a menacée d'une autre remarque et d'une punition. Je la détesterai dorénavant. Pourtant je me sens plus forte depuis que je sais que je dois défendre Frédéric, mon petit frère qui rit au soleil, comme un ange.

Maman a vu mon carnet. Elle n'a rien dit et l'a posé sur le bureau de papa.

Il a lu et m'a regardée. Alors j'ai expliqué ; enfin je ne lui ai pas tout dit, pour ne pas le peiner. Mais je crois qu'il a tout compris. Il a posé sa main sur ma tête et a souri.

Frédéric, assis dans sa poussette joue avec ses mains. Il ne se doute pas de ce qui s'est passé à l'école.

— Tu sais, ces filles, les deux chipies, je peux bien te le dire à toi, je leur ai dit des grossièretés, en dialecte.

Frédéric écoute, il connaît bien le son de ma voix. Je lui glisse dans l'oreille les vilaines choses : grosse patate à rösti pourrie et saucisse au foie offensée. Je n'ai pas un très grand répertoire de vilains mots.

En allemand, les injures sont bien plus amusantes car les mots s'allongent et s'accrochent comme des wagons.

— Et vlan, tout le train en pleine figure !

Comme il ne manifeste rien, je suis soulagée.

— Evidemment, elles n'ont rien compris, et la maîtresse non plus. Demain, à l'école, je ne parlerai pas à ces méchantes filles, et je serai la meilleure, je te le promets. Et puis, elles n'oseront plus dire des bêtises, avec la claque qu'elles auraient pu recevoir. Je peux bien te le dire, j'aurais gardé une touffe de cheveux dans la main. Elles l'auraient senti passer...

V

— Maman, maman, Frédéric marche, Frédéric marche seul....

Tout seul. Il a lâché ma main et a avancé seul, dans le jardin. Il aura huit ans le mois prochain. Il mange seul aussi. Oh ! pas tout, mais avec sa cuillère il arrive à porter à sa bouche sa purée et sa viande hachée. Nous sommes si heureux. Maman est très émue et son sourire éclaire ses beaux yeux bleus car le travail de rééducation commencé depuis plusieurs années a enfin donné des résultats.

— Viens, Frédéric, viens, montre-nous encore comme tu es grand !

— Maman, attention, c'est comme un bébé. Il va tomber bientôt !

Et voilà ! Frédéric est par terre. Cela ne le perturbe pas beaucoup ; il ramasse de l'herbe et tente de la porter à sa bouche. Nous nous précipitons, maman et moi.

— Frédéric, pas l'herbe, c'est pour les lapins.

Frédéric est vraiment un petit enfant.

Je vais aller au collège à la rentrée car j'ai deux années d'avance. Je veux être médecin, comme papa. Grand-père a dit que c'était bien ainsi et qu'il m'aiderait. Je ne sais pas bien comment, mais lui sait sûrement car il s'est tu brusquement et seuls ses yeux bleus ont ri dans sa grande barbe échevelée.

Je préférerais qu'il aide maman qui est bien fatiguée car depuis que Frédéric se déplace seul, il ne dort plus et se lève toute la nuit.

Comme j'ai un sommeil très lourd, je ne l'entends pas toujours, mais au début de la nuit la porte de la chambre de

Frédéric s'ouvre plusieurs fois. Je me suis levée un soir pour savoir pourquoi maman allait et venait.

— Maman ? Que se passe-t-il ? Est-ce que Frédéric est malade ?

La voix de maman me revient, agacée :

— Dors, s'il te plaît, et n'ouvre plus ta porte.

J'ai désobéi et j'ai attendu que la maison soit silencieuse pour aller dans la chambre de Frédéric.

Maintenant, je sais que maman doit attacher mon petit frère dans son lit si elle veut dormir un peu.

Chaque soir, quand papa rentre de l'hôpital nous allons faire une promenade à pied avec Frédéric. Il marche avec difficultés et assez lentement, mais il marche quand on le tient par le bras.

Nous rencontrons parfois nos voisins, des gens que nous ne connaissons pas car ils nous ignorent.

— Bonjour madame, bonjour monsieur...

Papa et maman les saluent très poliment et ils font un signe de tête pressé en détournant le regard, mais ils ne s'arrêtent jamais pour nous parler. Je sais maintenant que c'est à cause de Frédéric. Un jour papa m'a expliqué qu'il ne fallait pas leur en vouloir, qu'ils agissent ainsi par peur : et si cela leur arrivait à eux ? Ils pensent d'ailleurs que cela ne pourrait jamais leur arriver : c'est comme les accidents de voiture. Et ils ne savent pas quelle attitude avoir avec nous et surtout avec mon frère. Papa a aussi rajouté que dans son service plusieurs toxicomanes luttaient pour échapper à la drogue. Cela faisait plusieurs fois qu'ils revenaient, les cures ayant échoué. Il a alors déclaré, très doucement, qu'il préférait avoir Frédéric plutôt qu'un fils perdu dans la drogue dure et que c'étaient nous qui souffrions, pas Frédéric.

— Mais papa, on peut aussi essayer d'arrêter de se droguer...

— On peut, mais c'est dur car c'est aussi un choix et une difficulté à surmonter seul... Crois-moi, il vaut mieux avoir Frédéric...

Plus tard, en y réfléchissant, je me suis demandé s'il avait dit cela pour me réconforter ou s'il y croyait vraiment.

Papa tient à cette promenade du soir, car il pense que Frédéric doit se fatiguer un peu. Sans doute espère-t-il qu'il dormira mieux ainsi et maman aussi. Lui a un sommeil très lourd, comme le mien, et il n'entend même pas le réveil sonner le matin. C'est maman qui doit l'appeler.

Nous sommes heureux, toujours. Notre vie est très organisée. Maman s'occupe de Frédéric et de la maison. Le jardin qui s'étage au sud de notre villa ne ressemblait qu'à un terrain vague lorsque nous sommes arrivés ici. Maintenant, c'est une succession de petits replats séparés et soutenus par des murets de pierres. Papa et maman ont beaucoup travaillé les deux premières années et les fleurs s'épanouissent maintenant dès le printemps et jusqu'en automne.

J'aime quand maman est au jardin, avec son grand chapeau de paille pour protéger sa peau si claire. Frédéric est assis au soleil ; il rit pendant que maman nettoie, gratte, bine les allées et les plates-bandes.

Maman raconte à Frédéric les graines qu'elle plante, les fleurs qu'elle cueille.

— Tu vois le petit rosier planté à ta naissance, Frédéric, cette année il a donné dix roses minuscules mais si belles... Pourtant, au début, il était dans un pot. Mais il est très vigoureux et a très bien supporté la transplantation. Nous en donnerons un bouquet à Opa, en souvenir...

Le dialecte résonne dans le jardin, avec ses intonations si douces.

Frédéric est si beau : son visage respire toujours le calme et la joie quand il est au soleil. On dirait qu'il est sensible à la douce musique de la langue de maman car il bat des mains comme au spectacle.

Parfois nous allons à la rivière avec Frédéric. Elle coule près du village, dans un nid luxuriant de verdure que personne n'a le droit de toucher. Les ombrages y sont délicieux et même si l'eau est encombrée de troncs tombés, c'est un vrai paradis pour les oiseaux. Un couple de hérons niche là depuis des années au même endroit. Ils guettent, perchés sur les branches d'un érable, les proies dans l'eau miroitante. Lorsque nous arrivons, l'un d'eux donne toujours le signal et ils s'envolent sous la voûte des arbres comme deux traits gris bleuté.

Un autre couple s'est éloigné dignement cette fois-ci, en remuant la queue frénétiquement ; c'étaient des canards colverts. Le mâle aux belles plumes bleu-vert brillant au soleil a protesté énergiquement car nous l'avions dérangé. Nous nous sommes éloignés sur la pointe des pieds pour lui montrer notre bonne volonté.

— Frédéric, tu as vu les oiseaux ? Frédéric, tu sens comme l'air est doux ? Regarde l'eau comme elle brille au soleil..

Frédéric marche le long de la rivière, il court même : il faut le retenir. Il aime les promenades au bord de l'eau ; il aime marcher. C'est comme s'il voulait rattraper toutes ces années d'immobilité dans sa poussette.

— Frédéric, ne cours pas si vite ; tu vas tomber.

Mais Frédéric continue à courir, penché sur le côté comme s'il allait perdre l'équilibre à chaque pas.

— Frédéric, attends-nous, on n'en peut plus...

Et c'est comme un miracle lorsqu'il arrive au bout de son souffle sans s'affaisser sur les genoux.

Parfois quand il fait très chaud, nous enlevons nos chaussures et nous nous trempons les pieds dans l'eau fraîche, Frédéric aussi. Il reste assis sur le bord et bat joyeusement des pieds dans l'eau claire. Il est trempé en quelques minutes, mais il est heureux.

Lorsque papa est au service militaire, ce qui arrive chaque année, je m'ennuie un peu sans lui. Mais il doit, puisqu'il est citoyen suisse, effectuer ses périodes. Il revient sale et puant de ces longues marches dans les montagnes. Pourtant il est heureux d'avoir vécu avec les autres des moments parfois difficiles. Un jour, sa compagnie a été surprise par une tempête de neige et il a sauvé tout le monde (c'était lui l'officier) en obligeant les soldats à fabriquer des igloos. Certains ont eu un peu les doigts de pieds gelés mais personne n'est mort après une nuit d'hiver à trois mille mètres d'altitude. Depuis, on le considère comme un héros dans sa caserne. Il rapporte toujours son casque et son fusil, qu'il doit conserver à la maison. C'est plus pratique que d'avoir un cheval, comme le fermier qui est dragon et qui doit garder son animal chez lui. Enfin, il s'en sert parfois dans les champs. Pourtant, papa ne se battra jamais puisqu'il est médecin ; il est fait pour guérir et soulager les autres, non pour les tuer.

Ces igloos, encore une bonne histoire à raconter à Frédéric !

VI

Il y a deux ans maintenant que je suis au collège. Je pars très tôt le matin avec le bus et je rentre tard. J'aime le collège. Comme je parle trois langues, je n'ai aucun effort à faire alors j'ai décidé d'être la meilleure en mathématiques, et c'est comme un jeu.

Dans le bus, le matin, je rencontre plusieurs filles qui étaient avec moi à l'école communale, celles qui s'étaient moquées de mon frère et que j'avais voulu battre. Je les ignore superbement. L'une d'elles parle à haute voix parfois. Elle dit des choses affreuses ; elle demande comment on peut laisser vivre des enfants comme ça. « Ça ne devrait pas exister, c'est une honte pour la société » dit-elle. Je fais comme si je n'entendais pas. Je me demande si elle aurait tué son frère si une telle chose lui était arrivée. Je ne le crois pas, malgré sa bêtise et sa méchanceté. Elle aurait fait comme nous ; elle aurait assumé. Finalement, c'est dans la difficulté qu'on devient fort. Je ne lui en veux même plus, malgré la punition attrapée à cause d'elle à l'école primaire.

La dernière année a pourtant été la plus heureuse pour moi car ma nouvelle institutrice, Mme Blanchard, n'était pas comme les autres. Elle est venue à la maison rendre visite à maman et à Frédéric, quand elle a su par papa que maman ne pourrait se déplacer pour venir à l'école. Elle a parlé avec maman, très longtemps, et lui a proposé de garder Frédéric quelques heures par semaine pour qu'elle puisse se détendre. Maman a refusé, car elle ne veut pas la gêner mais elle a apprécié ce geste. J'adore cette institutrice ; elle n'est pas comme les autres ; elle essaie toujours de faire comprendre les choses en douceur sans jamais s'énerver. Elle a une patience infinie. Et puis j'aime quand elle lit un poème ou un texte. Elle le fait avec tant de conviction et de sentiment qu'on se croit dans l'histoire. J'espère qu'un jour je lirai aussi bien qu'elle. Mais j'ai encore un peu d'accent, et je voudrais le perdre pour parler le français comme les gens d'ici.

Mme Boderman, notre ancienne voisine, vient parfois nous rendre visite. Maman est heureuse et elles discutent en dialecte. Elles sont toutes les deux de Suisse centrale et parlent de leurs cantons lointains.

Mais les plus belles visites sont celles de grand-père. Il téléphone la veille et arrive le lendemain matin, avec le train. Nous allons le chercher à la gare, avec papa. Il a les poches toujours pleines de chocolats et de biscuits, surtout dans la période avant Noël ; il choisit les plus jolies étoiles à la cannelle et les biscuits couverts de sucre glace que j'aime.

— Opa arrive demain, Fred, Opa, il vient nous visiter !

Frédéric n'est pas très en forme aujourd'hui ; il agite les mains avec exaspération et ne m'écoute pas.

Grand-père est de plus en plus barbu, de plus en plus en colère contre le monde entier. Il a dû prendre sa retraite et ses fils se sont disputés pour la succession. L'affaire marche moins bien, mais grand-père dit qu'il s'en lave les mains maintenant. Il dit ça mais je vois bien qu'il a de la peine car il aimait ses ouvriers et ses moteurs d'avion.

Il me regarde de ses grands yeux bleu clair, de la même couleur que ceux de maman et il pose sa large main sur ma tête en souriant. Il s'assoit près de Frédéric et lui parle en dialecte, doucement, et Frédéric rit de bonheur. Pour lui, la voix de grand-père doit ressembler à une douce musique.

— Friedich, mon ami, tu es bien content ; je t'ai apporté une petite voiture ; regarde comment on la fait rouler.

Frédéric qui adore se promener en voiture ne doit pas faire le lien entre l'objet qu'on lui présente et ce qu'il aime. Il agite les mains et rejette le jouet.

Papa et grand-père discutent en allemand de choses très compliquées, de conjoncture, de Bourse, de marchés internationaux, de politique. Ils prennent beaucoup de plaisir à parler de tout ça.

Je m'assois à côté de Frédéric :
— Ça ne nous intéresse pas beaucoup, leurs histoires...
Frédéric rit ; son visage est calme et serein ; il cligne des yeux sous le rayon de soleil qui entre par la fenêtre.
— Frédéric, je vais te raconter l'avion de grand-père...
Je me lève et me mets à bourdonner, les bras tendus, en courant dans le salon. Tout en courant quand je raconte j'interromps mon bourdonnement. Au moment du looping, je pousse un grand cri de victoire. Les voix se taisent dans la cuisine et maman entrouvre la porte, un torchon à la main, elle avance un peu la tête et sourit :
— Arrêtez un peu, vous deux, on ne s'entend plus ici !
Alors, je baisse le son du moteur et j'atterris en douceur. Frédéric s'est endormi, comme épuisé. Peut-être vole-t-il dans les nuages au-dessus des maisons de poupées, si près du soleil qui le fait sourire dans son sommeil.

Le soir, grand-père s'en va et la maison est moins gaie pendant quelques heures. Nous parlons déjà de ce que nous lui dirons la prochaine fois qu'il viendra.

Cette année, la neige est venue très tôt. Il y avait encore quelques boutons sur les rosiers et, dans le jardin, papa m'a montré les traces des biches venues brouter ces fleurs comme des friandises inespérées.
Dans quelques semaines, nous sortirons les skis et nous irons nous promener dans le Jura. Maman pourra aussi aller skier avec papa, elle aime tellement la neige et les montagnes, car je suis assez grande pour rester avec Frédéric.

VII

A Noël, il s'est passé quelque chose. Papa et maman ont longuement discuté et j'ai bien vu que maman avait du chagrin. Papa lui a expliqué qu'il allait falloir placer Frédéric dans une maison spécialisée pour handicapés mentaux. Car un jour, il sera seul, et il doit s'habituer à vivre avec les autres. Et il faut le faire avant qu'il ne soit trop grand.

— Mais papa, moi je garderai Frédéric, je ne l'abandonnerai jamais.

Papa sourit.

— Je sais que tu feras cela. Mais tu auras ta vie et tu ne pourras t'occuper à chaque instant de lui.

Maman se tait. Elle a les yeux humides.

— Ton père a raison. Nous devons songer à l'avenir de tous.

Papa a insisté sur la nécessité de placer Frédéric. Il a longuement parlé de son expérience hospitalière.

— Ton petit frère, nous l'aimons, nous avons tous vécu pour lui. Cela ne nous empêchera pas de le sortir, de le visiter. Et il viendra chaque dimanche à la maison ; ce sera notre petite fête familiale.

Papa s'est levé et j'ai compris que la discussion était close.

Maman a mis plusieurs semaines à accepter de se séparer de mon frère. Puis elle a sorti un peu plus souvent son accordéon pour distraire Frédéric et le faire rire.

Cette année, le sapin de Noël a été plus brillant que d'habitude. Papa l'a garni de dizaines de bougies et de boules de verre colorées. Frédéric adore ces lumières qui brillent et se reflètent dans ses yeux. On allume les bougies pour lui faire plaisir plusieurs soirs de suite et cela le fait rire.

Frédéric est parti au début seulement l'après-midi, puis toute la journée. Enfin, il a passé sa première nuit à l'institution. Ce soir-là, la maison était vide et sombre. C'était comme si le soleil nous avait quittés. Maman n'a pas sorti son accordéon. Elle semblait désœuvrée et perdue. Papa avait pris une semaine de congé et cela m'a soulagée car je voyais bien que maman trouvait les journées trop longues sans Frédéric.

Le premier jour sans Frédéric, papa a décidé que nous ferions une excursion dans le Jura. Quelle journée ! Les chaussures de montagnes bien graissées et les sacs à dos surmontés des raquettes étaient prêts bien avant le lever du soleil. Départ rapide dans le petit matin froid. Traversée des pâturages désertés par les vaches habituellement dolentes et étonnées. Lente montée dans les sentiers blancs de poudreuse fraîche et sous les mélèzes presque déshabillés de leur chevelure mordorée. Enfin, la récompense après des heures de montée : le sommet du Mont Tendre que dominent les crêtes enneigées, et le soleil qui se lève à notre arrivée, comme s'il voulait nous saluer, comme s'il nous avait attendus.

Maman, attentive, repère sur un poteau une buse immobile au pectoral blanc. Papa me signale sur le talus neigeux les traces d'un lièvre qui a avancé par bonds et celles, parallèles, du renard. Des taches de sang mettent fin à la poursuite. Seul le renard a poursuivi sa route. Maman a oublié un instant sa peine ; il y a tant de choses à voir en montagne. Au pied d'un vieux chêne, des pelotes de réjection dénoncent un nid de chouettes-hulottes. J'en ramasse une que je mets dans mon sac à dos. Ça peut toujours servir.

Puis c'est le pique-nique rapide, au sommet, dans l'air tonique de janvier.

Il faut redescendre avant la tombée du jour qui viendra très tôt. Papa nous précède d'un bon pas en faisant crisser ses raquettes dans la neige. Il n'est jamais fatigué quand il explore la montagne.

— Attention aux pierres...

Des rochers se détachent parfois à cette heure du jour, après l'ensoleillement brutal.

Un troupeau de demi-sang du Jura nous arrête dans la descente. Nous admirons les croupes pleines, les robes alezanes et les crinières blondes.

Je me sens saoule de fatigue et de grand air. Maman a retrouvé son silence avec le retour à la maison. La parenthèse est terminée.

Ce soir, je devrai faire un effort pour égayer l'atmosphère.

Grand-père est venu chaque semaine nous rendre visite. Il a du mal à marcher maintenant et on sent bien que ces voyages lui demandent un gros effort. Mais il sait ce qu'il doit faire.

La vie continue malgré tout. Au collège, tout va bien. C'est moi qui ai les meilleures notes. Papa est très fier de moi.

Maman s'est mise à faire des traductions pour un laboratoire. Elle peut travailler dans quatre langues car elle parle aussi parfaitement anglais. Quand j'arrive le soir, elle est plongée dans ses textes et ses dictionnaires et j'entends le cliquètement de la machine à écrire. Ce n'est pas très drôle mais cela la distrait.

Le dimanche, nous allons chercher Frédéric. Il est content de monter en voiture. Nous le promenons, nous le baignons ; maman joue de l'accordéon pour lui. Le soir, il faut le ramener et c'est triste.

Alors, dans la voiture, nous lui parlons :

— Frédéric, la prochaine fois que tu viendras, nous sortirons la luge...

— Et nous ferons du rösti..

— Et je te raconterai encore l'avion de grand-père et les vaches minuscules... Et on va danser au son de l'accordéon...

VIII

Grand-père est mort. Je ne peux pas le croire. Il y a des êtres qui ne devraient jamais mourir. Nous sommes allés à la cérémonie religieuse. Grand-père a voulu être incinéré. Ses cendres ont été répandues dans les montagnes glacées qu'il aimait, celles qu'il voyait du ciel lorsqu'il volait avec son petit avion. Grand-père n'a jamais fait les choses comme les autres. Ceux de la famille qui nous ont salués froidement paraissaient comme soulagés de cette mort.

Pendant que le pasteur parlait, je n'écoutais pas ce qu'il disait mais je pensais au voyage que j'avais fait avec les enfants du village et au looping au-dessus de la vallée, attachés sur nos sièges. C'était un vrai voyage au ciel. Grand-père vivra toujours dans mon cœur.

En revenant, tout était plus difficile. Je n'en parlerai pas à Frédéric. Je ne lui dirai pas que nous n'aurons plus jamais cette lumineuse visite. Je lui raconterai plus souvent le fameux looping, mais pas tout de suite : j'ai encore trop de chagrin.

Il faut pourtant se lever chaque matin pour aller au collège, ou à l'hôpital pour papa. Et puis il y a eu ces sordides histoires d'héritage, car grand-père a laissé des parts de sa société à maman et les autres ne veulent pas qu'elle les garde. Ils nous écrivent des lettres pour nous les réclamer. Papa a poussé maman à tout leur donner ; nous n'avons pas besoin de cela ; nous n'avons pas besoin d'eux, qui nous ont toujours ignorés.

Rouky, notre chat, a disparu. Il a dû se faire écraser par une voiture. Il est vrai qu'on ne le voyait plus beaucoup à la maison. Il n'avait d'ailleurs pas vraiment accepté notre changement de domicile. Sans doute avait-il des copains de chasse près de notre ancien appartement et y retournait-il régulièrement, en traversant les routes, ce qui n'est pas très prudent pour un chat. Je ne veux plus de chat car cela fait le troisième que nous perdons. Le premier, Peterli, nous avait été donné par grand-père. Il passait ses journées à dormir et ses nuits à la belle étoile. On ne pouvait jamais jouer avec lui. Le second, Félix, s'était installé chez le voisin qui l'a emmené en déménageant, et Félix n'a même pas eu pour nous un regard de regret. Il devait nous en vouloir de cacher des animaux derrière le fourneau : c'étaient des proies qui lui échappaient.

Mais nous aurons un chien, bientôt. Papa a dit que nous irions le chercher dans une ferme, près de Berne.

Quelle expédition ! On a pris la voiture qu'on a protégée avec des sacs en plastique car papa craignait que le chiot vomisse. On a roulé longtemps et j'ai eu plaisir à lire les panneaux des villes avec des noms qui chantent dans ma tête si proches du dialecte de maman. Dans la ferme, une dizaine de chiens aboyaient joyeusement. Notre chien à nous, une petite femelle, est tout de suite venu me lécher la main. Elle nous avait déjà choisis. Elle est montée dans notre voiture immédiatement et s'est installée sur le siège arrière près de moi, comme si elle connaissait déjà sa place. Elle n'a pas été malade et nous avons fait un voyage de retour sans problèmes.

C'est une adorable boule de poils noirs avec des taches blanches et rousses, un vrai chien suisse mais qui ressemble plutôt à un nounours. J'en suis folle. Papa m'a expliqué que ce type de chien doit venir du Tibet et que c'était Alexandre le Grand qui l'avait rapporté, pour surveiller les troupeaux de son armée. Je trouve qu'il a fait une bonne action.

Malheureusement j'ai peu de temps à consacrer à la petite chienne. Enfin, quand je dis petite, cela veut dire jeune, car elle doit déjà peser une dizaine de kilos.

Bella, c'est son nom, tient compagnie à maman et nous la sortons le soir dans la campagne.

Bella est très intelligente ; elle a compris que Frédéric avait besoin d'être protégé. Elle se couche près de lui, pas trop près pour ne pas le bousculer, ni trop loin pour pouvoir le surveiller. Frédéric rit en la voyant.

Ce premier hiver avec Bella a été merveilleux, d'abord parce que la neige est venue tôt et qu'elle a couvert le Jura d'une bonne couche qui a gelé tout de suite, préparant bien les pistes, ensuite parce que Bella adore la neige, qu'elle s'y roule comme dans du sucre et qu'elle est capable de suivre les skieurs sans se fatiguer ni se mettre au milieu de la piste. C'est un vrai bonheur de se promener avec elle. Évidemment, elle ne supporte pas les autres chiens, surtout les plus grands qu'elle. Elle les attaque immédiatement, sans réfléchir. Cela se termine toujours avec des morsures et du sang. Bella est pourtant la plus douce des chiennes à la maison et je ne comprends pas pourquoi elle se met dans de tels états quand elle aperçoit un de ses congénères.

Comme nous allons toujours dans des endroits peu fréquentés car trop difficiles d'accès pour des skieurs moyens, nous ne rencontrons pas souvent d'autres personnes et rarement des chiens, mais c'est arrivé deux fois le premier hiver, et c'était déjà beaucoup.

Maman et papa sont de très bons skieurs. Ils peuvent faire des dizaines de kilomètres sans être fatigués. Moi, je transpire un peu pour les suivre mais je me sens tellement bien quand mes skis glissent sur les surfaces glacées qui brillent comme des diamants, que je m'applique à faire aussi bien qu'eux.

Lorsque nous rentrons, le soir, nous passons souvent par l'institution de Frédéric pour voir comment il va. Il est assis dans un fauteuil et je lui raconte la journée de ski et les prouesses de Bella. Il rit aux éclats en entendant ma voix et celle de maman. Mais il faut partir vite car les pensionnaires de l'institution mangent très tôt.

Nous rentrons à la maison fatigués et saouls de grand air mais très heureux. Bella dort, épuisée par ses courses et ses batailles.

Parfois, lorsqu'il ne fait pas trop froid, nous sortons Frédéric en luge : c'est une véritable fête. Bien emmitouflé dans son cache-nez, il rit des boules de neige que je lui lance, tandis que papa et maman tirent la luge sur laquelle nous l'avons installé. Bella participe à la fête en jappant joyeusement et en faisant des courses folles et des roulés-boulés dans la neige fraîche.

— Tu pourrais nous aider, Bella...

Papa tente d'accrocher le harnais au cou de Bella qui fait des bonds imprévisibles.

— Oui, fais comme les chiens bien dressés qui tirent le traîneau avec les bidons de lait jusqu'à la fruitière, dit maman.

Mais Bella s'en fiche ; elle préfère s'amuser. Elle a bien raison. Pourtant ces promenades restent courtes et rares car Frédéric se refroidit très vite parce qu'il ne remue pas assez et il faut le réchauffer ensuite dans un bain tiède.

IX

Maman a été convoquée par le notaire de la famille de grand-père. Elle est revenue avec un gros chèque, comme nous n'en avions jamais vu. Elle en a profité pour donner les actions à ses frères. Elle a décidé que cette année, pour la première fois, nous irions en vacances. Elle a tout préparé pour faire la surprise à papa. Maman a acheté des billets d'avion pour nous trois : nous irons deux semaines en Argentine, puis aux États-Unis où maman a travaillé avant son mariage. Papa a protesté car il ne voulait plus revoir son pays mais maman lui a expliqué qu'il pouvait après tout ce temps essayer d'y retourner. D'ailleurs, n'avait-il pas encore des cousins là-bas ?

Papa s'est laissé convaincre. Comme il a eu une promotion à l'hôpital et qu'il est maintenant chef de service et travaille de plus en plus, il est bien normal qu'il prenne des vacances.

Quelle histoire ! Nous avons pris un énorme avion qui a volé très longtemps. Heureusement que je dors quand je suis fatiguée, comme papa.

L'Argentine ne ressemble pas du tout à la Suisse, du moins là où nous sommes allés. C'est tellement plat qu'on se demande où sont les montagnes et ça donne le vertige, cette ligne d'horizon si lointaine, au ras du sol.

Nous avons rendu visite aux cousins de papa. Ils habitent une immense hacienda et élèvent des bovins. Les troupeaux sont très loin de la maison. Ce sont des gardiens à cheval qui les surveillent et il faut rouler des heures pour visiter toutes les bêtes. Papa a eu un peu de difficultés au début ; il n'était pas très détendu, mais ses cousins sont des gens très bien élevés et personne n'a parlé du douloureux passé du pays et des raisons pour lesquelles beaucoup d'Argentins avaient fui. On a seulement évoqué des ancêtres célèbres, un général acerbe dont le portrait en grand uniforme orne la cheminée et une grand-mère fumeuse de cigares qui a su résister à tous les pouvoirs politiques.

Je sais maintenant pourquoi papa est un seigneur. Car c'en est un vrai.

Nous avons volé ensuite vers les Etats-Unis. Et là aussi, nous sommes arrivés dans un pays si plat que je tournais toujours la tête pour chercher les montagnes. Mon dieu que ce pays est immense ! Nous avons roulé des heures et des heures pour visiter les lieux et les gens que maman connaissait. Je ne comprenais rien aux conversations mais maman a retrouvé des connaissances anciennes et cela lui a fait un grand plaisir. Mes parents ont eu une vie avant ma naissance et cela m'étonne toujours, car ils n'en parlent jamais.

Nous sommes arrivés au bord d'un lac qui était si grand qu'on aurait dit la mer. Les bateaux qui y voguaient étaient énormes. Cela n'a rien à voir avec les lacs suisses qui montrent toujours leur rassurante autre rive. Décidément, je ne suis pas faite pour les grands espaces.

Un matin, en me levant, j'ai entendu un cri rauque qui venait du lac et qui roulait sur l'eau comme un galet bruyant : j'ai couru jusqu'au bord de l'eau pour voir qui criait ainsi. Deux gros oiseaux noir et blanc voguaient tranquillement assez loin du bord. Papa, qui les avait aussi entendus, est arrivé sur la rive près de moi :

— Papa, ce sont des grèbes géants ?

— Pas vraiment, plutôt des canards énormes et très patauds. Ce sont des plongeons arctiques. Il y en a beaucoup dans cette région.

Le cri a retenti encore, déchirant.

— Leur cri est terrible.

— Pour toi sans doute, pour eux c'est simplement leur langage. Au printemps, ces oiseaux portent leurs petits sur le dos, comme les grèbes.

Nous sommes revenus en Suisse contents mais fatigués. Nous avons retrouvé Bella que Mme Boderman gardait et Frédéric à l'institution. J'ai raconté à Frédéric les lacs, les plongeons au cri rauque, la grand-mère aux cigares et le général moustachu au terrible regard.

La vie a repris comme avant. Je suis maintenant au lycée et tout va bien. J'ai décidé de me mettre à l'anglais car je ne comprenais pas ce que les gens racontaient aux Etats-Unis. Puisque je parle déjà trois langues, ça ne doit pas être bien difficile.

Maman avait été très heureuse de partir. Elle l'a été encore plus de revenir car ce qui compte pour elle, ce n'est jamais le passé, c'est la vie de maintenant, avec nous tous et l'avenir de Frédéric.

X

J'ai eu seize ans hier. Maman a fait un gâteau à la cannelle. Nous en avons gardé pour Frédéric qui sera là demain.

— Frédéric, mange dans ton assiette, Frédéric...

Frédéric s'amuse avec sa cuillère : il essaie de ramasser sur la table des miettes inexistantes. Sans doute est-ce un nouveau jeu car le métal fait du bruit sur la table.

J'ai bien vu ce geste inhabituel de Frédéric levant sa main vers son visage. Nous l'avons vu, tous les trois. Papa a froncé les sourcils mais n'a rien dit. Pourtant je l'ai senti inquiet. Il passe moins de temps à la maison maintenant car il a de grosses responsabilités. Il part très tôt le matin et rentre très tard le soir.

Je l'ai vu qui regardait Frédéric de très près, mais il n'a rien dit.

Pourtant, il a emmené maman dans la semaine à l'institution pour chercher Frédéric et je sais qu'ils ont consulté un ophtalmologue à l'hôpital.

Ils sont tristes. Le soir, je n'arrive pas à les distraire à table, avec toutes mes petites histoires de lycée ou de voyage en bus.

Nous le savons maintenant : Frédéric est presque aveugle. Il le deviendra sans doute complètement.

Je suis allée me cacher dans ma chambre pour pleurer, pour que maman ne me voie pas. Je suis dure, dit-on, comme grand-père, je ne montre jamais mes émotions. Mais là, c'était trop, mon petit-frère-soleil qui ne verrait plus la lumière du jour, qui ne rirait plus en apercevant Bella, qui ne pourrait plus manger seul, qui n'applaudirait plus devant les bougies du sapin de Noël...

Mes parents ne m'ont pas entendue sangloter car un orage épouvantable s'est déclenché subitement et, après les coups de tonnerre ponctués d'éclairs titanesques, la pluie s'est déversée à torrents, comme si le ciel avait voulu manifester sa colère et sa tristesse. Cela m'a fait du bien d'entendre la pluie et de baigner dans la fraîcheur après l'orage.
Maman a eu un choc terrible. Elle sait que la situation va se dégrader maintenant et que cette cécité n'est que le premier stade d'une situation irréversible.
Nous sommes allés chercher Frédéric plus souvent. Il ne semble pas souffrir de sa nouvelle infirmité. Il rit toujours en écoutant l'accordéon et quand Bella passe très près de lui, il tend la main pour la toucher. Dans son bain, il tente de saisir l'eau et s'amuse de ne pouvoir l'attraper.
— Frédéric, tu sens le soleil sur ta peau, tu sens le parfum de la rose, tu sens ma main sur ta main, tu sens comme nous t'aimons... Frédéric, peut-être que tu nous vois encore un peu...
Frédéric rit à gorge déployée. Il est là, assis dans son fauteuil, au milieu du salon et le soleil baigne son visage. Il ferme les yeux sous la caresse trop insistante et paraît si serein et si heureux.....
Je sais maintenant pourquoi il aimait tellement le soleil, pourquoi il souriait avec ravissement sous sa caresse insistante : cette grosse lanterne n'était peut-être depuis longtemps que son seul repère du jour.

Maman a dû partir quelque temps en maison de repos. Elle fait une dépression et nous ne pouvons pas la soigner à la maison.
Nos voisins, ceux qui nous saluent à peine, ont déposé sur la fenêtre un petit rosier, avec un mot « Pour Frédéric ». Papa m'a dit qu'il ne fallait jamais désespérer des autres, qu'ils donnaient ce qu'ils pouvaient et que c'était leur façon à eux de montrer qu'ils comprenaient notre peine. J'aurais

préféré un sourire gentil, un salut plus amical, quelques petits mots pour parler du temps, du lac, des fleurs du jardin, s'ils ne voulaient pas nous parler de maman.

Alors j'imagine la conversation qu'on aurait pu avoir avec eux :
— Bonjour monsieur, bonjour madame...
— Bonjour, vous sortez les enfants ? Il fait si beau, ils ont l'air si contents...
— Oh oui, ils aiment se promener, surtout Frédéric, voyez comme il rit....
— Comme votre petit garçon est gai ! Et quels beaux cheveux blonds !

Leur rosier ne remplacera jamais ce qu'ils auraient pu nous dire. Nous l'avons pourtant planté au jardin, papa et moi.

XI

Je rentre aussi vite que je peux du lycée pour m'occuper de papa. Je ne sais pas très bien faire la cuisine et ce que l'on mange est souvent brûlé mais papa est très gentil et ne se plaint jamais.

Trois mois sans maman, c'est bien long. Papa essaie de me distraire. Nous faisons le soir une grande promenade au bord du lac avec Bella. C'est le printemps et les canards font des nids, la vie grouille sur les bords et tout porte vers la joie.

Mme Boderman vient faire le ménage. C'est bien car je n'en suis pas capable. Je n'en ai d'ailleurs pas le temps. Je vais passer mon baccalauréat et la philosophie me donne du travail. Heureusement papa m'aide et tout me semble plus facile. Je savais qu'il était savant mais je ne le croyais pas aussi calé en littérature et philosophie. Il m'épate ; je l'admire toujours de plus en plus.

Nous allons parfois voir une exposition de peinture et papa m'explique les tableaux, la technique des peintres, les différentes écoles. Mais je n'aime que la peinture abstraite, car ce sont les couleurs qui m'intéressent. Papa, lui, est un fanatique de Picasso, de ses débuts, et il me parle toujours de ces périodes bleue et rose qu'il admire. D'ailleurs, papa dessine merveilleusement bien, et plusieurs de ses dessins ornent les murs de notre maison.

Pendant l'absence de maman, nous allons chercher Frédéric et nous nous en occupons comme d'habitude, sauf qu'il faut sauter souvent un dimanche quand papa est de garde à l'hôpital.

— Tu sais, Frédéric, maman va mieux, elle sera bientôt là...

Frédéric sourit. Il sait qu'il va rouler en voiture et sa joie est si grande qu'il saute sur place.

— Bella, Bella, viens voir Frédéric, viens...

Bella s'installe près de lui, sans conviction. Pourtant, d'habitude, elle bondit de joie en voyant la voiture. Bella est triste. Elle reste seule trop souvent maintenant et ne supporte pas la solitude. Mme Boderman vient la sortir tous les matins et, lorsque nous allons dans le Jura, nous l'emmenons. Elle aime les longues promenades, mais je crois qu'elle pense qu'on va chercher maman, alors elle monte dans la voiture avec de grands bonds de joie. Puis elle cherche désespérément derrière les arbres ou les rochers. Enfin, quand nous rentrons, elle croit sans doute retrouver maman à la maison, alors elle saute de la voiture en aboyant devant la porte. C'est pour elle un jour de déceptions.

Le lac ne me paraît pas si beau, malgré l'été et les jeux du soleil sur l'eau, malgré les bateaux et les baigneurs.

Dans deux semaines le lycée sera terminé, je passerai mon baccalauréat et je pourrai rester à la maison avec Bella. Et puis maman va bientôt revenir, papa me l'a assuré. En attendant, je prends des leçons de conduite, pour passer mon permis, comme le désire papa.

Tout s'est passé comme prévu. Maman est à la maison et Frédéric aussi. Nous l'avons pris pour les vacances. Il a retrouvé son fauteuil dans le salon, sa place près de Bella, sa chambre à côté de la mienne et ses sorties dans le jardin.

Nous n'allons plus en promenade le soir car Frédéric marche de plus en plus mal. Il a fait plusieurs chutes et papa a constaté une dégénérescence musculaire irréversible. Il a d'ailleurs eu un accident en chutant dans l'escalier alors que nous pensions qu'il dormait dans sa chambre et que nous discutions tranquillement avec maman. Il est tombé sur la tête et s'est ouvert le crâne. Il a fallu appeler l'ambulance pour le conduire à l'hôpital où on a dû lui faire une anesthésie générale pour le soigner et lui mettre des points, car il ne comprenait pas ce qui lui était arrivé ni ce qu'on lui voulait. Comment comprendre dans une telle nuit ?

Depuis nous sommes plus attentifs.

Nous passons de longues heures à parler à Frédéric et nous avons l'impression que nos voix sont comme de douces musiques qui le rassurent.

Moi, je lui raconte toutes les petites histoires du lycée et maman sort son accordéon et nous chantons.

— Frédéric, écoute les chants des lanceurs de drapeaux...

— Ça, c'est le cor de Alpes..

— Et la désalpe, avec les sonnailles et le piétinement des vaches et puis les cris des cochons...

Maman fait vibrer les touches de son instrument. La maison résonne des sons joyeux et des rires de Frédéric.

Un vrai moment de bonheur.

XII

A la rentrée, je vais à la faculté de médecine. J'ai décidé de faire mon diplôme en allemand, pour maman, pour lui montrer que sa langue ne me pose aucune difficulté. Papa m'a approuvé. Après tout, lui a bien eu son diplôme en Argentine, cela ne l'a pas empêché de devenir médecin ici, et de bien réussir.
Je me sens triste à l'idée de partir si loin. Je sais que maman a encore des moments de dépression sans Frédéric et la présence de Bella ne suffit pas toujours à la détourner de ses sombres pensées. Elle travaille pourtant de plus en plus car la qualité de ses traductions lui a attiré de nombreuses demandes. Elle se réjouit de gagner un peu d'argent pour participer à mes études qui seront longues et chères. Je sais aussi qu'elle s'enfonce follement dans le travail pour guérir de sa tristesse.
Je vais partir en octobre. Papa m'a longuement préparée à ce départ, aux difficultés que je vais rencontrer. Je ne suis pas inquiète pour moi, mais pour ceux que je vais laisser, pour Frédéric dans sa nuit noire, pour maman dans sa détresse, pour papa dans son imperturbable force tranquille.
On ne devrait jamais devoir partir, ainsi, en abandonnant ceux que l'on aime.
— Papa ? allo ? c'est toi ? mais je ne suis partie que ce matin...
— Je sais, ma grande, mais il faut revenir...
— Frédéric, il est arrivé quelque chose...
J'ai crié ma peur dans l'appareil : l'angoisse me tord la voix.
— Non, c'est maman. Elle ne va pas bien, reviens, vite.
Lorsque je suis arrivée à l'hôpital, elle était déjà morte.

Maman avait usé sa vie depuis la naissance de Frédéric, je le sais. Et elle avait tellement espéré qu'il irait mieux un jour. Elle n'avait accepté ni son départ, ni sa cécité. Mon petit frère était le soleil de sa vie. Et ce soleil s'était peu à peu terni. Il s'est éteint brutalement pour elle.
Papa et moi nous sommes restés longtemps près d'elle. Puis papa m'a demandé d'appeler mes oncles, ceux qui ne se sont jamais intéressés à notre vie.

Ils ont voulu tout prendre en main, l'enterrement, le transport, comme s'il avaient désiré réparer leur absence, comme s'ils avaient voulu la reprendre et la remettre dans son clan d'origine. Ils l'ont emmenée dans sa petite vallée si froide en hiver et qu'elle aimait tant. Elle y repose dans le petit cimetière à côté de sa mère.

Moi je sais bien que là-haut, dans la lumière, elle a rejoint grand-père et qu'elle nous regarde, qu'elle veille sur nous.

Papa et moi sommes rentrés à la maison où Bella pleurait désespérément. Comme la maison était triste sans maman ! Pourtant la lumière du printemps entrait dans toutes les pièces, mais c'était dans nos cœurs que l'ombre était descendue.

J'ai décidé de rester un peu avec papa : je rattraperais mes cours plus tard.

Nous sommes allés chercher Frédéric à l'institution. Papa avait reçu une lettre lui demandant de passer voir le directeur.

Ils ne veulent plus garder Frédéric qui devient trop encombrant pour eux depuis qu'il est aveugle. Papa l'a très bien compris, il a fait les démarches pour placer Frédéric dans une autre institution. Mon frère pourra y aller au mois de septembre. Mais Papa a trouvé ce changement difficile, surtout en ce moment.

— Tu sais, maintenant je peux parler...

— Qui me parle, qui me parle ainsi ?
— C'est ton petit frère, Frédéric...
— Frédéric, Frédéric...
— Je sais que tu es ma sœur et que tu t'occupes beaucoup de moi..
— Pourquoi maintenant, Frédéric ?
— Avant je n'y arrivais pas...
C'était un rêve, terrible et merveilleux ! Je me suis réveillée épuisée et triste, encore plus triste que la veille. Sans doute mon rêve avait-il été construit par mon désir infini de parler avec Frédéric.

Ce dernier ne s'est pas aperçu de l'absence de maman, du moins je ne le crois pas, sauf qu'il n'y aura plus l'accordéon. Nous lui avons acheté des cassettes qu'il écoute en riant aux éclats quand un accordéon résonne très fort. Mon frère est heureux.

Nos cousins d'Argentine sont venus quand ils ont appris le décès de maman. Ils sont restés quelques jours avec nous. Eux qui étaient des inconnus pour nous ont fait ce long voyage pour réconforter papa. Je leur suis très reconnaissante de s'être conduits ainsi : ce sont vraiment des seigneurs.

La vie a repris doucement. Papa part le matin à l'hôpital, très tôt. Je sors Bella et je travaille. Le soir, papa rentre fatigué. Il ne parle pas beaucoup et je ne lui dis rien car je sais qu'il distille sa peine. De plus, à l'hôpital, il doit régler de nombreux problèmes et, malgré les soucis, je suis contente qu'il soit très occupé car cela le détourne un peu de son chagrin.

Nous avons planté au jardin un rosier rouge au nom de maman. Elle adorait les roses et elle aurait aimé ses lourdes fleurs parfumées qui s'épanouissent sans se lasser de juin à novembre. A côté, le petit rosier de Frédéric multiplie ses minuscules rosettes. Je les imagine faisant la conversation et se racontant ce que nous les humains n'avons pas le droit d'entendre.

Nous avons aménagé une sortie sur le jardin pour que Bella puisse aller et venir sans problème. Une clôture l'empêche de se sauver.

Frédéric a rejoint sa nouvelle institution. C'est un beau bâtiment où tout est fait pour les non-voyants. Les couloirs sont éblouissants de lumière et partout des objets indiquent aux aveugles où ils sont, de beaux objets en bois peints de couleurs vives, sortes de symboles indiquant les différents lieux. Une salle de musique, des piscines, des salles de jeux permettent à ceux qui sont là de se distraire. Le réfectoire a été conçu pour absorber les bruits, avec des mobiles en bois accrochés au plafond, car les aveugles font beaucoup de bruit en mangeant.

Frédéric, lui, n'ira pas au réfectoire. Il restera manger dans sa chambre, avec sa garde. Le personnel très compétent et très attentif l'a admis tout de suite et papa était soulagé de le laisser. Comment mon frère supporte-t-il ces changements ? Les sent-il seulement ?

Une fois par mois, je reviendrai à la maison. La lavande qui borde l'entrée est de plus en plus odorante et j'en prends quelques grains bleus dans ma poche. Sa couleur me rappelle les yeux de maman et son parfum est inoubliable. Jamais aucune fleur n'aura pour moi cette odeur-là. C'est l'odeur de notre vie passée, de notre bonheur à vivre tous ensemble. On ne devrait jamais grandir.

C'est pour m'annoncer la mort de Bella que papa m'a appelée. Il a dit qu'elle ne supportait pas cette solitude et qu'elle s'était laissée mourir de chagrin. Il l'a trouvée inanimée dans le salon un soir qu'il rentrait plus tard que d'habitude. C'est encore un peu de mon passé qui part : Grand-père, maman, Bella....

Je pense à papa. Va-t-il surmonter tout cela ?

Il ne nous reste plus que Frédéric, mon enfant-soleil.
Ne nous abandonne pas.

L'HARMATTAN ITALIA
Via Degli Artisti 15; 10124 Torino
harmattan.italia@gmail.com

L'HARMATTAN HONGRIE
Könyvesbolt ; Kossuth L. u. 14-16
1053 Budapest

L'HARMATTAN KINSHASA
185, avenue Nyangwe
Commune de Lingwala
Kinshasa, R.D. Congo
(00243) 998697603 ou (00243) 999229662

L'HARMATTAN CONGO
67, av. E. P. Lumumba
Bât. – Congo Pharmacie (Bib. Nat.)
BP2874 Brazzaville
harmattan.congo@yahoo.fr

L'HARMATTAN GUINÉE
Almamya Rue KA 028, en face
du restaurant Le Cèdre
OKB agency BP 3470 Conakry
(00224) 657 20 85 08 / 664 28 91 96
harmattanguinee@yahoo.fr

L'HARMATTAN MALI
Rue 73, Porte 536, Niamakoro,
Cité Unicef, Bamako
Tél. 00 (223) 20205724 / +(223) 76378082
poudiougopaul@yahoo.fr
pp.harmattan@gmail.com

L'HARMATTAN CAMEROUN
BP 11486
Face à la SNI, immeuble Don Bosco
Yaoundé
(00237) 99 76 61 66
harmattancam@yahoo.fr

L'HARMATTAN CÔTE D'IVOIRE
Résidence Karl / cité des arts
Abidjan-Cocody 03 BP 1588 Abidjan 03
(00225) 05 77 87 31
etien_nda@yahoo.fr

L'HARMATTAN BURKINA
Penou Achille Some
Ouagadougou
(+226) 70 26 88 27

L'HARMATTAN SÉNÉGAL
10 VDN en face Mermoz, après le pont de Fann
BP 45034 Dakar Fann
33 825 98 58 / 33 860 9858
senharmattan@gmail.com / senlibraire@gmail.com
www.harmattansenegal.com

L'HARMATTAN BÉNIN
ISOR-BENIN
01 BP 359 COTONOU-RP
Quartier Gbèdjromèdé,
Rue Agbélenco, Lot 1247 I
Tél : 00 229 21 32 53 79
christian_dablaka123@yahoo.fr

Achevé d'imprimer par Corlet Numérique - 14110 Condé-sur-Noireau
N° d'Imprimeur : 134796 - Dépôt légal : décembre 2016 - *Imprimé en France*